Nino
Puzle

Directora de la colección: Mª José Gómez-Navarro

Coordinación editorial: Juan Nieto

Dirección de arte: Departamento de imagen y diseño GELV

Quinta edición: diciembre 2006

Traducción: Frank Schleper

Título original: *The Case of Hermie the Missing Hamster*
Publicado por primera vez por Scholastic Inc.
© Del texto: James Preller
© De las ilustraciones: Peter Nieländer
© De esta edición: Editorial Luis Vives, 2004
  Carretera de Madrid, km. 315,700
  50012 Zaragoza
  teléfono: 913 344 883
  www.edelvives.es

ISBN: 978-84-263-5269-9
Depósito legal: Z. 3651-06

Talleres Gráficos Edelvives (50012 Zaragoza)
Certificados ISO 9001
Printed in Spain

El hámster desaparecido

James Preller

Ilustraciones:
Peter Nieländer

EDELVIVES

Para Lisa

Índice

1. Nino Puzle, detective privado 6

2. Un sospechoso escurridizo 10

3. A vida o muerte 21

4. El Mundo de los Reptiles 26

5. Malos tiempos para *Pelusa* 32

6. La escena del crimen 40

7. En el nido de serpientes 45

8. Personas, lugares u objetos 50

9. Una pista falsa 56

10. Otro lío más 61

11. La pista del «achís» 67

12. El plan secreto 73

Puzle 80

1. Nino Puzle,
detective privado

Era domingo por la tarde y faltaban veintiséis minutos para las cuatro. Estaba en mi oficina, en la parte cutre de la ciudad. Bueno, en realidad, estaba en la cabaña que tengo en el árbol de mi patio. Allí puede leerse un cartel de madera que dice «OFICINA».

Es verdad que también es cutre, pero eso no me importa nada. En este tipo de trabajo, uno se acostumbra fácilmente a lo cutre y a lo sucio.

¿Que cuál es mi trabajo? No, no soy basurero. Soy detective. Mi lema es:

«Por un euro al día, te resuelvo la vida.»

Aunque mi nombre es Paulino, prefiero que me llamen Nino o Puzle. Me gusta más.

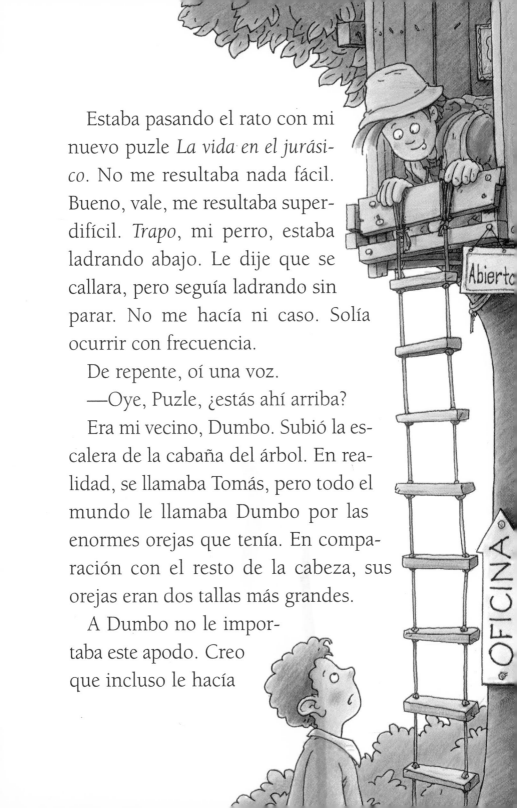

Estaba pasando el rato con mi nuevo puzle *La vida en el jurásico*. No me resultaba nada fácil. Bueno, vale, me resultaba superdifícil. *Trapo*, mi perro, estaba ladrando abajo. Le dije que se callara, pero seguía ladrando sin parar. No me hacía ni caso. Solía ocurrir con frecuencia.

De repente, oí una voz.

—Oye, Puzle, ¿estás ahí arriba?

Era mi vecino, Dumbo. Subió la escalera de la cabaña del árbol. En realidad, se llamaba Tomás, pero todo el mundo le llamaba Dumbo por las enormes orejas que tenía. En comparación con el resto de la cabeza, sus orejas eran dos tallas más grandes.

A Dumbo no le importaba este apodo. Creo que incluso le hacía gracia. Estaba muy orgulloso de ser orejudo. Le hacía sentirse especial. Era todo un personaje. A mí, más bien, me parecía que tenía un aire a... bueno... a *Dumbo*.

—¿Qué pasa? —me preguntó.

—Casi nada —respondí.

—Ah, bueno —dijo mirando hacia abajo.

Dumbo tenía sólo seis años, tres menos que yo. Llevaba vaqueros, una camiseta de hockey y traía el ceño fruncido.

—Oye, Puzle, tengo un problema —soltó Dumbo.

—No te preocupes, seguro que puedo resolverlo —dije—, pero ya sabes: cobro un euro al día.

Los ojos de Dumbo se llenaron de lágrimas. Vaya, lo que me faltaba. Le pasé un paquete de pañuelos. En mi trabajo uno se acostumbra a las lágrimas. Es conveniente tener pañuelos a mano, especialmente si no eres lo suficientemente duro como para aguantar ver cómo alguien se llena de babas la nueva camiseta de hockey.

Dumbo me miró con ojos tristes.

—*Pelusa* ha desaparecido —consiguió decir finalmente entre sollozos y suspiros.

Pelusa era el hámster de Dumbo. Me daba que Nino Puzle tenía un nuevo caso. Últimamente, el negocio no había ido muy bien y me hacía falta *pasta*. Al comprar *La vida en el jurásico* me había quedado sin blanca.

Ya tenía una larga experiencia resolviendo problemas en el barrio y en la escuela. En realidad, había empezado en infantil. Ahora estaba en tercero, en la clase de la seño Margarita, pero hay cosas que no cambian nunca. Siempre hay problemas: magdalenas robadas, bolis perdidos, hámsters desaparecidos...

Al detective privado Nino Puzle nunca le faltaba trabajo.

2. Un sospechoso escurridizo

Con un movimiento de cabeza, indiqué un tarro de vidrio vacío a mi lado. Dumbo metió sus manos en los bolsillos. Sacó una moneda de cincuenta céntimos, tres de diez, dos de cinco, una de dos, una goma y tres monedas más de un céntimo. Introdujo todo en el tarro.

—Me debes cinco céntimos —señalé.

Dumbo se puso pálido. Parecía que iba a llorar otra vez.

—Ya me lo darás cuando puedas —le dije generosamente.

Saqué mi diario de detective. Era un cuaderno muy grueso. Nunca salgo de casa sin él. Busqué una página en blanco y escribí en ella:

El caso del hámster desaparecido

Debajo dibujé dos columnas. Arriba, a la izquierda, puse **Sospechosos** y, a la derecha, escribí **Pistas**. Subrayé las dos palabras. Después dibujé la cara de un hámster con mis rotuladores de colores. Vaya. Más bien parecía una piedra con ojos y rabo.

Dumbo se quedó callado. Le dije que el caso tenía pinta de ser bastante complicado.

—Lo primero que voy a hacer es llamar a mi socia —añadí—. No te muevas de aquí.

Entré en mi casa para llamar a Mila. Afortunadamente, la pillé en su casa.

—Vente a la oficina —dije—. Tenemos un caso.

—Vale, pero no olvides encerrar a *Trapo* —me recordó Mila.

Mila era alérgica a *Trapo*. Bueno, no sólo a él. Cualquier animal que tuviera pelos le hacía estornudar. Por eso no dejaba que se le acercasen ni perros ni gatos.

Mila vivía a la vuelta de la esquina de mi casa. Nos conocíamos desde la guardería. Había sido mi socia en todos los casos importantes. Le pagaba cincuenta céntimos al día. Ella insistía en cobrar el mismo sueldo que yo puesto que hacía el mismo trabajo. A mí me parecía mucho, pero la verdad es que se merecía cada céntimo que le daba.

Mila no tardó ni diez minutos en llegar. Subió la escalera de la cabaña del árbol cantando la canción de las vocales que habíamos aprendido ya hace algunos años, cuando éramos más pequeños, en clase:

La A, la A.
La A, la A.

¿Dónde está?
¿Dónde está?
Está en la araña,
la pala y el agua.
A-A-A.
A-A-A.

La E, la E.
La E, la E.
¿Dónde está?
¿Dónde está?
Está en el perro,
la mesa y el dedo.
E-E-E.
E-E-E.

Mila siempre está cantando cualquier cosa. A mí no me importa. Me gusta mucho su voz.

Nos sentamos los tres en el suelo de la oficina. Mientras contaba el caso a mi socia, nos bebimos el mosto que había subido de casa. Ella quería ponerse manos a la obra enseguida.

—¿Cuándo viste a *Pelusa* por última vez? —preguntó a Dumbo.

—Ayer por la mañana —respondió entre sollozos—. Estaba en su terrario, junto a *Pelota*, mi otro hámster. *Pelusa* estaba feliz comiéndose un trozo de cartón.

—¿Cómo sabes que estaba feliz? —le pregunté.

—No sé —respondió Dumbo encogiéndose de hombros—. Tenía pinta de estar sonriendo.

—¿Sonriendo? —insistí—. ¿Cómo sonreía?

Dumbo parecía estar confuso.

—¿Es importante?

—Todo es importante —le expliqué—.
Cada caso es como un puzle. No lo puedes
resolver si no tienes todas las piezas. Dime
cómo sonreía. ¿Qué aspecto tenía ayer por la
mañana?

Dumbo cerró a medias los ojos. Infló las
mejillas. Apretó los labios y sacó los dos
dientes de arriba. Realmente, tenía aspecto

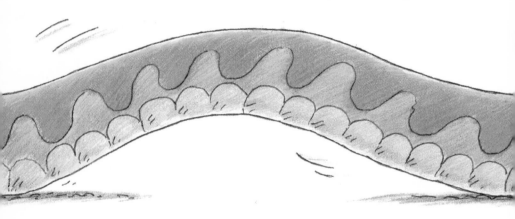

de hámster feliz, tuve que admitirlo. Bueno,
un hámster feliz con orejas de *Dumbo*.

—Vale, Dumbo —dije—. Nunca se sabe.
Ésta podría ser la pieza que nos faltaba.

Mila se trenzó el largo pelo negro y suspiró.

—¿*Pelusa* tenía enemigos? —preguntó.

Dumbo se puso a pensar.

—No —respondió después de unos segundos—. Todo el mundo lo quería mucho, incluso Diego; y eso que es un adolescente. Ya sabéis que a la mayoría de los adolescentes no hay nada que les guste.

Diego, alias *El Serpiente,* era el hermano

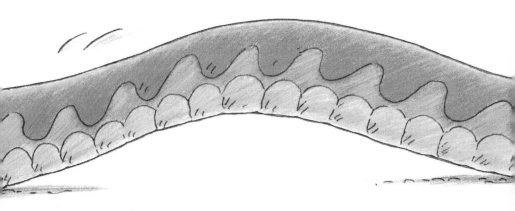

mayor de Dumbo. Tenía catorce años y era un poco extraño. La gente le llamaba *El Serpiente* porque le gustaban las serpientes. Y no sólo le gustaban: le encantaban. Tenía libros sobre serpientes, camisetas con serpientes, pósters con serpientes. Y lo mejor de todo era que, incluso, tenía una serpiente viva en casa. Su mascota era una boa rosa enorme. A veces Diego la llevaba de paseo, enrollada en los hombros. Era larga, lisa y absolutamente asquerosa. Para ser sincero, a mí no me gustan las serpientes, ni siquiera a una distancia de cien metros.

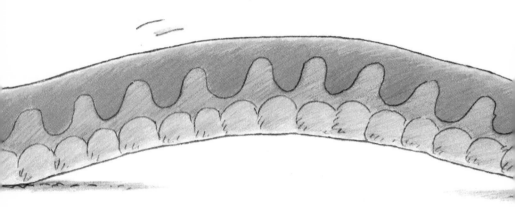

En la columna de «Sospechosos» escribí Diego. Al principio de cada caso, todo es posible y cualquier cosa es sospechosa.

—Piensa —dije a Dumbo—. ¿No hay nadie o nada que quiera hacerle daño a *Pelusa*?

—No sé —respondió Dumbo encogiéndose de hombros—. Supongo que a una lechuza le encantaría pillarlo. Para tragárselo.

—¡Qué asco! —comentó Mila.

—¿Otros enemigos? —insistí.

—Un gato, tal vez —dijo Dumbo, y siguió pensando—. Una serpiente... un...

Mila se incorporó de golpe.

—¿Has dicho «serpiente»?

—¿No estaréis pensando que...? —preguntó Dumbo frunciendo el ceño.

—La serpiente de Diego no es más que uno de los sospechosos —le calmé—. Deberíamos ir a tu casa para buscar pistas.

—Ah, vale. Lo que pasa es que ya es muy tarde. Mis padres no quieren que lleve a nadie por la tarde si al día siguiente hay colegio.

—Claro, no te preocupes —respondí dándole una palmadita en el hombro—. Podemos ir mañana. Tú tranquilo, vamos a encontrar a tu *Pelusa*.

Dumbo se marchó.

—¿Qué te parece? —pregunté a Mila cuando nos quedamos solos.

—Me parece que tenemos que investigar algunas cosas.

—¿Sobre los hámsters?

—Sí —respondió Mila—. Y sobre lo que comen las serpientes.

3. A vida o muerte

La mañana del lunes llovía mogollón. Para no mojarme usé un paraguas rosa. Era totalmente ridículo. Pero es que no sabía dónde había metido mi paraguas de Batman. Por eso tenía que usar el de mi hermana. Y encima tenía florecillas. ¡Lo que me faltaba! Casi hubiera preferido mojarme. Todo el mundo sabe que a los chicos duros no nos gusta el rosa.

En el fondo, el problema es que soy el más pequeño de mi familia. Tengo tres hermanos y una hermana, todos mayores. Dicen que la vida es fácil si eres el pequeño. Pues..., no tienen ni idea. Si alguien cree que mola ser el menor, está muy, pero que muy equivocado.

Si eres el pequeño, todos te dan órdenes. Pierdes en todas las peleas. Tus hermanos te llaman *Peque* y *Enano* y tus padres no te compran ropa nueva, sino que te tienes que poner la ropa vieja que te dejan. O usar el paraguas rosa de tu hermana.

Al llegar al colegio me fui al aula 201, la de la seño Margarita. En nuestra clase somos dieciséis, contándonos a Mila y a mí.

Este lunes no estaba mal, comparado con otros. Íbamos a trabajar sobre la costa y el mar, y también tocaba Cristóbal Colón.

Los lunes teníamos, además, plástica. El señor Herrero nos mandó hacer un dibujo sobre el tema que nos diera la gana. Intenté retratar a *Pelusa*. Me salió bastante bien.

Justo antes de comer se nos presentó una oportunidad a Mila y a mí de hablar con la profesora. Estaba corrigiendo controles en su mesa. Nos acercamos.

—¿Seño? —le dije.

La seño Margarita levantó la vista sonriendo.

—¿Qué puedo hacer por vosotros?

—Nos gustaría aprender un montón de cosas sobre las serpientes y los hámsters.

La seño Margarita soltó el lápiz.

—¿De veras? Eso suena muy serio.

—Y lo es —respondió Mila—. Es un asunto de vida o muerte.

Sorprendida, se tapó la boca con la mano y abrió mucho los ojos.

—¡No me digas! —exclamó.

—¿Nos puede ayudar? —pregunté.

—Bueno, lo intentaré. A ver. Contadme.

Miró hacia el gran reloj de la pared y anunció con su vozarrón de profesora:

—Chicos, quedan dos minutos para el recreo. Recoged vuestras mesas.

Echó una mirada a Carlos y a Miguel que, como siempre, estaban haciendo tonterías. La profesora, de repente, pareció estar muy cansada. Se apartó un mechón de pelo que le caía en la cara.

—Pero sin mataros los unos a los otros —añadió mirando hacia esos dos.

Después, la seño Margarita se dirigió de nuevo a nosotros.

—Bueno —dijo—. Se me ocurren varias formas de buscar información sobre los hámsters y las serpientes. ¿Y a vosotros?

—A mí se me había ocurrido una —dije—. Preguntarle a usted.

—No está mal, Paulino —dijo la seño—. ¿Y tú, Mila?

—Bueno, no sé —respondió—, tal vez podríamos consultar un libro o preguntar a alguien que sepa algo.

—Eso es —dije—, a un experto o una experta.

—Muy bien, chicos —dijo la seño Margarita—. Uno de vosotros puede ir a la biblioteca del colegio o a la municipal. Seguro que los bibliotecarios os echarán una mano. Y también podéis ir a la sala de ordenadores y buscar allí en Internet.

—Igual mi madre puede llevarme a la biblioteca municipal esta tarde —dijo Mila.

—¿Y yo qué hago? —pregunté.

—Bueno, Paulino —me dijo la seño Margarita—. Parece que a ti te va a tocar buscar a los expertos.

«¡Qué mala pata! —pensé— siempre me tocan los trabajos duros».

4. El Mundo de los Reptiles

Ya teníamos un plan. Después del colegio, Mila iría a la biblioteca a buscar información sobre las serpientes. A mí me tocaba ir a El Mundo de los Reptiles, la tienda de animales del centro. Quedamos en encontrarnos una hora más tarde en mi casa. Sólo había un problema, alguien tenía que llevarme hasta allí. Afortunadamente, mi hermano Jaime se acababa de sacar el carné. Y no desaprovechaba ninguna oportunidad para pedir a nuestra madre que le prestara el coche.

Con un frenazo Jaime paró frente a la tienda de animales. Cuando me bajé dijo que volvería diez minutos más tarde.

—Mejor quince —le pedí.

—De acuerdo, Puzle.

Jaime es mi hermano preferido. Es el único que me llama Puzle. Mis otros hermanos, Daniel y Fernando, son los segundos. Y mi hermana Ana, la última. No es culpa suya, pero es que me molestó lo del paraguas rosa.

El Mundo de los Reptiles era una tienda pequeña y oscura. El aire estaba cargado. Sólo había un cliente, un hombre alto y delgado, con botas negras y cazadora de cuero.

Una señorita morena atendía el mostrador. Me dedicó una amplia sonrisa. Tenía una serpiente tatuada en el brazo izquierdo.

—¿En qué te puedo ayudar?

—Sólo estaba mirando —dije.

Las paredes estaban repletas hasta arriba de jaulas y de terrarios con los animales más raros que te puedas imaginar. Había lagartos de lengua azul, tortugas caja, hurones y hasta loros que hablaban. Se vendían, incluso, monos que tenían puestos unos pañales.

Sin embargo, lo que más había eran serpientes. Montones de serpientes. Unas muy chiquitinas y otras enormes.

Me quedé parado delante del terrario más grande de todos. Tenía al menos tres metros de altura, llegaba casi hasta el techo. Allí dentro había una serpiente pitón amarilla más gorda que mi pierna. Estaba en un rincón

hecha una rosquilla. Debía de medir unos diez metros de largo.

—¿Qué come? —pregunté a la señorita.

Señaló hacia una pequeña jaula de al lado. Miré. Estaba llena de conejos.

—¿Come... conejos? —dije incrédulo.

La vendedora asintió con la cabeza. Volví a mirar hacia la jaula. ¡Pobrecitos!

Entró otro cliente y se acercó al mostrador.

—Me da seis ratones, por favor.

Cuando se había marchado, me acerqué a la dependienta.

—No sabía que la gente comprara ratones para tenerlos de mascota.

—No, no son mascotas —contestó—. Es comida. Comida para serpientes.

Tragué saliva.

—¿También comen ratones? —pregunté—. ¿Y hámsters?

—A cualquier serpiente le encantaría comerse un hámster —me explicó la señorita con una sonrisa—. Lo que pasa es que son demasiado caros. La gente prefiere comprar ratones. Son más baratitos.

Salió detrás del mostrador y me llevó hacia otro terrario más pequeño. Allí dentro había dos boas rosas.

—La semana pasada, esta malvada se escapó —me contó señalando una serpiente que tenía la punta de la cola rojiza—. Cuando llegué por la mañana, me la encontré subida a la jaula de los hámsters.

—¿Se los comió? —pregunté asustado.

—No, se salvaron. Tuvieron mucha suerte, la jaula estaba bien cerrada.

Empujó la tapa de la jaula con la mano. No se movió ni un milímetro.

—¿Los hámsters nunca se escapan?

—A veces, sí —dijo—, pero sólo si no cierro bien la tapa.

—¿Y cómo lo hacen? —insistí—. ¿Saben trepar por el vidrio como *Spiderman*?

—No, qué va —contestó riéndose—. Saltan y se agarran al borde. La verdad es que verlos es un espectáculo.

Le di las gracias a esta señorita tan simpática y me fui. Tenía la sensación de haber visto suficientes serpientes para el resto de mi vida.

5. Malos tiempos para *Pelusa*

Ya en casa, me comí una barrita de *muesli* y me sentí mucho mejor. El caso se estaba complicando por momentos. Las circunstancias no parecían favorecer a la pobre *Pelusa*.

Además, no pude dejar de pensar en los conejos. De alguna forma, comerse un ratón no me parecía tan mal, pero un conejo... ¡Eso era demasiado! Me dolía la tripa de sólo pensarlo.

¿Dónde estaba Mila? Debería haber llegado ya. Siempre le pasaba lo mismo. Metía la nariz en un libro y se olvidaba de todo.

De repente, oí una voz.

—Tierra a Paulino, tierra a Paulino. ¿Me recibes?

—¡MAMÁ! —grité—. No me llamo Paulino. Ya te lo he dicho mil veces. Soy Puzle. Nino Puzle. Y estoy trabajando en un caso ¡muy importante!

—Ya veo —dijo mi madre—. Pues, entonces, don Puzle, te propongo que para variar trabajes en tu habitación. Necesito que pongas un poco de orden.

—Lo siento mucho, mamá, pero no puedo —expliqué—. Estoy muy ocupado. Tengo que resolver un caso.

Mi madre puso los brazos en jarras, mostrando su enfado.

—Tal vez no me haya expresado bien —dijo subiendo un poco el tono de su voz—. No te lo estaba sugiriendo, te lo estaba pidiendo. Y ahora mismo te lo voy a ordenar: ¡recoge tu habitación! ¡YA!

O sea, se estaba haciendo la dura.

Decidí esconderme en mi habitación durante un rato. Lo siento mucho, pero ordenar una habitación no es una tarea adecuada para el mejor detective de tercer curso del mundo. Había un pequeño hámster perdido que me necesitaba. Un pequeño amiguete peludo que estaba solo. Tal vez estuviera perdido. Tal vez le hubieran robado. Tal vez se hubiera convertido, para su desgracia, en merienda.

No era la hora adecuada para recoger Legos.

Saqué el diario de detective y repasé los hechos. Hice una lista con las palabras clave:

Pelusa. Dumbo. Desaparición. Boa. Pitón. Mundo Reptil. Diego.

Después, puse las palabras en orden alfabético. No era nada fácil. La seño Margarita me había dicho que debería practicar más con el abecedario. Mi lista quedó así:

Boa. Desaparición. Diego. Dumbo. Mundo Reptil. Pelusa. Pitón.

Al final, eso del orden alfabético no era tan difícil. Lo único que me resultaba muy complicado era distinguir entre la M y la N.

A mí me parece que el inventor del abecedario se había confundido. Debería haber puesto primero la N y después la M. Porque yo lo veo así: para hacer una M, sólo hay que ponerle una raya a la N. No se puede escribir una M sin tener la N primero. Pero creo que es mejor no decirle nada de eso a la seño Margarita.

«¡Rrriiiing!» El timbre.

—¡Es para mí! —grité, y fui corriendo hacia la puerta.

Era Mila. Llevaba tres libros debajo del brazo.

Parecía estar muy preocupada.

Los dejó encima de la mesa de la cocina. No venía cantando. Eso era una mala señal.

—He leído mucho sobre las serpientes —empezó a decir—. Mira lo que he encontrado.

Abrió uno de los libros. Me enseñó una foto de una serpiente que tenía un ratón en la boca. Perdón, en realidad quería decir que tenía medio ratón en la boca. La otra mitad ya se la había tragado.

—Es una boa rosa —dijo Mila—. El mismo tipo de serpiente que la de Diego.

—¿Es venenosa? —pregunté.

—No, la boa y la pitón pertenecen a la familia constrictor —me explicó.

Pasó las páginas del libro. Se titulaba *Serpientes asesinas*.

—Las serpientes de la familia constrictor matan a su víctima estrangulándola. Se enrollan alrededor de su presa y aprietan hasta que deja de respirar. Se tragan a la víctima entera.

—Este tipo de serpientes me recuerdan a mi tía Carlota —le conté a Mila—. Mi hermano Jaime la llama *La Anaconda*. Cada vez que viene de visita, nos da un abrazo que parece que quiere estrangularnos.

Me abracé a mí mismo y apreté todo lo que pude. Luego hice unos ruidos asquerosos, como si me estuviera ahogando. Me tiré al suelo y me hice el muerto.

Mila ni siquiera miró en mi dirección.

Después, seguimos viendo las ilustraciones del libro. Había una foto de una serpiente tragándose un cocodrilo entero. Al lado, había otra foto de la misma serpiente después de haber terminado de comer. Parecía un sombrero.

Saqué los rotuladores e hice un dibujo en mi diario de detective.

—Es una pitón gigante —explicó Mila—. Vive en las selvas africanas y asiáticas. La de Diego es mucho más pequeña.

Guardé mis rotuladores.

—A lo mejor la serpiente de Diego es diferente —apunté—. Tal vez no le gusten los ratones. Igual prefiere comerse una pizza. O galletas. O lo que sea.

—A lo mejor —repitió Mila muy poco convencida—. Lo que no sabemos aún es si la serpiente tuvo una oportunidad para comerse el hámster o no.

—¿Oportunidad? —pregunté.

—Sí, eso, oportunidad —insistió Mila—. No sabemos si la serpiente pudo llegar hasta el terrario de *Pelusa* o no.

Me levanté.

—Entonces, será mejor que vayamos —dije.

—¿Adónde?

—Pues a visitar la escena del crimen.

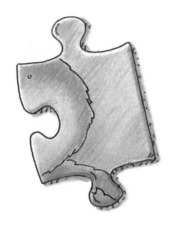

6. La escena del crimen

Tuvimos que llamar al timbre tres veces antes de que la madre de Dumbo nos abriera. Arrastraba una enorme aspiradora detrás de sí.

—Hola, Paulino. Hola, Mila —nos saludó sonriendo—. ¿Lleváis mucho tiempo llamando? Esta nueva aspiradora mete tanto ruido que no oigo nada.

Se pasó la mano por la frente para secarse el sudor.

Detrás de ella apareció Dumbo. Nos llevó a su habitación. Estaba limpia, impecable.

—Siento lo del orden —dijo pidiendo disculpas—. Mi madre acaba de comprar esa aspiradora superpotente. Lleva días pasándola por toda la casa. Así que no os dejéis nada. Es capaz, también, de aspirarlo.

¡Desde luego! La habitación de Dumbo me hacía sentir incómodo. Estaba limpia, eso sí. ¡Demasiado limpia! Absolutamente todo estaba ordenado. Los libros, uno al lado de otro en la estantería. Los juguetes, todos guardados. Incluso el suelo estaba impecable. ¿Cómo se puede vivir así? No es normal.

Mila se acercó al terrario de los hámsters. Estaba en una de las baldas bajas, a la altura de mi rodilla. Dentro había sólo uno, enrollada en una de las esquinas.

—Ésta es *Pelota* —dijo Dumbo—, está dormida. Los hámsters duermen casi siempre durante el día. Son más activos por la noche.

—¡Achís! —estornudó Mila.

—¡Salud! —dije.

El terrario era como un acuario, pero sin agua. Y sin peces. La tapa estaba hecha con una tela metálica. Mila metió un dedo. La tapa se movió un poco, pero no mucho. Lo suficiente para abrirse un pequeño hueco, pero pensé que sería imposible que un hámster pasara por allí.

—¿Siempre pones la tapa? —pregunté.

—Sí —respondió Dumbo—. Siempre tengo mucho cuidado. Una noche, después de limpiar el terrario, se me olvidó y *Pelusa* se escapó. Tardamos dos días en encontrarla.

Mila estornudó otra vez... y otra más.

Ya estaba cansado de decir «salud», pero, como dice mi padre, «La buena educación es un trabajo a jornada completa».

Intenté ponerme en la situación de comerme un hámster. Mila y Dumbo me miraban sorprendidos mientras me deslizaba por el suelo sacando y volviendo a meter rápidamente la

lengua. Miré fijamente a *Pelota* en su terrario. ¡Qué asco! Prefería mil veces comerme una pizza.

—¿Dónde está la serpiente? —preguntó de repente Mila mirándome mientras yo seguía arrastrándome por el suelo—. La de verdad —añadió.

—En la habitación de Diego —dijo Dumbo—. Al otro lado del pasillo.

—¿Podemos verla? —quiso saber mi socia.

—Claro. Creo que Diego no está.

—No sé —interrumpí—. A los adolescentes no les suele gustar que la gente entre en su habitación.

—Venga —dijo Dumbo—. No pasa nada.

En la puerta de la habitación de Diego vimos un cartel:

¡Nido de serpientes!
¡Muerte
a los intrusos!
Diego
El propietario

Dumbo llamó. No hubo respuesta. Con mucho cuidado, abrió la puerta.

Entramos. Estaba oscuro. Era un lugar un poco siniestro. Olía a tigre... o a serpiente.

De repente, Mila soltó un grito.

7. En el nido de serpientes

—¡AAAYYYYYY!

Creo que di un salto de al menos diez metros. Mila señaló hacia el altavoz del equipo de música. Allí estaba la boa rosa, hecha una bolita. Parecía estar tranquila. El gran problema era que no estaba dentro del terrario. Se me revolvieron un poco las tripas.

—No tengáis miedo —intentó calmarnos Dumbo—. Diego siempre la deja salir.

Por si las moscas, me quedé detrás de Mila.

—De verdad, es inofensiva —insistió Dumbo—. Diego dice que las serpientes son los animales más incomprendidos del universo.

Dumbo se acercó a ella para acariciarla.

—¡Veis! Las serpientes no molestan a nadie. No matan ni una mosca.

—Pero ratones sí —murmuró Mila.

—Y conejos también —añadí.

Eché un vistazo a mi alrededor. La habitación era super-rara. Las bombillas eran negras. La luz que salía de ellas era extraña y hacía que la camiseta blanca de Mila brillara. Las paredes estaban cubiertas de pósters. En algunos se veían jugadores de fútbol, pero en casi todos había serpientes. En uno muy gracioso, unos perros estaban jugando a las cartas. ¡Ya ves tú!

En ese momento se abrió la puerta de golpe. Era Diego y parecía muy enfadado.

—¿Qué diablos hacéis fisgoneando en mi habitación, enanos? —gritó—. ¿No habéis visto el cartel?

Se me revolvieron las tripas por segunda vez en cinco minutos.

Dumbo se puso entre él y nosotros.

—Lo siento, Diego. Se trata de una emergencia —explicó Dumbo señalándome—. Puzle es detective. Me está ayudando a encontrar a *Pelusa*.

Diego se fijó en mí.

—¿Un detective enano? Pues, estás siguiendo una pista falsa, Sherlock Holmes. Te aseguro que *Pelusa* no está aquí. Y si ha estado, *Goliat* se ha ocupado de él.

Supuse que *Goliat* era la boa rosa.

—En realidad —contesté—, me preguntaba si *Goliat* había tenido esa oportunidad.

—¿Oportunidad?

—Eso. ¿Es posible que se haya deslizado hacia la habitación de Dumbo?

—Imposible —dijo Diego—. *Goliat* no sale de aquí a menos que vaya conmigo.

—¿Estás seguro? —preguntó Mila.

—Sí —afirmó Diego—. Es más, si hubiera salido, me habría enterado. O mi madre lo habría visto. En los últimos días no ha dejado de pasar la aspiradora por toda la casa.

Diego agarró a *Goliat* y se lo acercó a Mila.

—Aquí, mira. Tócalo.

Mila tocó la serpiente.

—No es nada babosa —dijo asombrada.

—Ahora tú —dijo Diego acercándomelo.

—Bueno, gracias —contesté rápidamente—, pero no.

Diego me lo aproximó a la cara.

—Venga, Sherlock. No muerde.

No me hacía ninguna gracia. El hermano de Dumbo me estaba cayendo cada vez peor. Al fin y al cabo, no me gustan las serpientes. Y mi estómago empezaba a darme vueltas. De repente, me sentí mal. Tuve la sensación de haber comido tres hamburguesas y después haber subido a la montaña rusa siete veces seguidas.

Me estaba mareando e iba a echar la pota.

Y la eché.

Encima de las Nike nuevas de Diego.

8. Personas, lugares u objetos

Estaba en mi habitación cuando llamaron a la puerta.

—No estoy —dije con voz de agobio.

Entró mi hermano Jaime.

—Me han contado lo que te pasó. ¿Cómo estás, chico duro?

—Fatal.

Jaime puso una bandeja con manzanilla y tostadas con mantequilla sobre la mesilla.

—Mamá dice que deberías comer algo.

—No volveré a comer en mi vida.

Jaime se sentó en el borde de la cama.

—No te lo tomes así, Puzle —me consoló—. Todo el mundo echa la pota alguna vez.

—Pero no en las zapatillas nuevas de otro.

—Me hubiera gustado estar allí —dijo sin poder evitar reírse—. Seguro que se puso furioso.

Tuve que sonreír también. La verdad es que tenía cierta gracia.

—¿Y cómo va el caso? —preguntó Jaime.

—Fatal —respondí—. Sólo sé que la boa de Diego no fue. Estoy a punto de rendirme.

Jaime puso una mano sobre mi hombro.

—Resolverás el misterio —me animó—. No te rindas.

Después de la manzanilla y las tostadas, mis tripas ya estaban un poco mejor. Ahora era el corazón lo que me pesaba. Estaba preocupado por *Pelusa*. ¿Dónde se había metido? ¿La habían robado? ¿Seguía viva?

Suponía que me sentiría mejor concentrándome en un puzle. Tenía uno nuevo, sin empezar, que se llamaba *Monstruos del cine*. Lo repartí por el suelo. No se puede comenzar un puzle sin haber visto antes cada una de las piezas.

Los puzles son, en realidad, como los casos de detectives.

—¡Eso es! —grité de repente.

Saqué el diario de detective. Seguro que se me había escapado alguna pista. Tenía que mirar todas las piezas de nuevo, una por una.

En Lengua estábamos dando los elementos de las frases. Decidí hacer lo mismo con los hechos del caso.

En una página en blanco hice tres columnas. En lo alto de la primera escribí **Personas,** justo al lado puse **Lugares,** y la tercera columna la llamé **Objetos.**

Después, me puse a pensar otra vez en todo lo que tenía que ver con el caso. Y si digo «todo», quiero decir «¡todo, todo!».

Al final, mi lista quedó así:

PERSONAS	LUGARES	OBJETOS
Dumbo	Mundo Reptil	Pelusa
Diego	mi oficina	Pelota
señorita Mundo Reptil	habitación de Dumbo	Goliat
Puzle (¡yo!)	biblioteca	aspiradora
Mila	habitación de Diego	pota
madre de Dumbo	cole (aula 201)	terrario
seño Margarita		

Redactar las listas no fue nada difícil. Lo único que me dio problemas fue la columna de **Objetos**. Quiero decir: sé que *Pelusa* no es ni persona ni lugar, pero evidentemente tampoco es sólo un objeto.

De todas formas, mirando todos las pistas de este modo me resultaba más fácil pensar.

Pensé en Dumbo... en *Pelusa*... en Diego... y en el El Mundo de los Reptiles. Pero había algo que me molestaba.

Cerré los ojos para recordar mejor mi visita a la tienda.

Me acordé del hombre que estaba comprando ratones. Me acordé de los pobres conejos, del tatuaje de la dependienta simpática y de la jaula de los hámsters. En ese momento caí. ¡Bingo! Una bombilla se iluminó en mi cerebro.

Cuando la señorita había empujado la tapa de la jaula, ésta no se movió. Por el contrario, la tapa del terrario de Dumbo no estaba tan fija, sólo suelta, pero no muy suelta.

A lo mejor bastaba con eso.

A lo mejor *Pelusa* sí se había escapado.

¡Podría estar viva! Enseguida comencé a preocuparme. ¿Cuánto tiempo podría sobre-vivir un hámster sin comida?

Apagué la luz y volví a la cama. Mañana había que ir al cole. Iba a tener otro día muy ocupado.

9. Una pista falsa

—Chicos, atención —dijo la seño Margarita—. Es el momento de ordenar el aula. Espero que sepáis lo que hay que hacer.

Una vez por semana nos tocaba recoger la clase. Había muchas cosas que hacer: limpiar las mesas, sacar punta a los lápices, recoger y ordenar los libros de la estantería. Y, además, estaban las tareas especiales que seguían un turno, como limpiar la pizarra, regar las plantas y guardar el diario de clase. El trabajo más popular era el de cuidador de animales. Desgraciadamente, unas semanas antes se había muerto nuestro jerbo del desierto, un pequeño roedor. Ahora éramos la única clase de tercer curso que no tenía mascota. Así que ya no nos hacía falta el cuidador.

Como no tenía ninguna tarea especial, me dediqué a recoger mi mesa en un tiempo récord.

Levanté la mano y llamé a la profesora.

—Señorita Margarita.

La seño se acercó a mi mesa.

—¿Qué hay, Paulino? —me preguntó. Luego añadió susurrando—: Por cierto, ¿cómo va ese asunto de vida o muerte?

—No muy bien —confesé—. Ayer devolví encima de las zapatillas nuevas del hermano de Tomás.

—Vaya —se lamentó la seño apartándose un poco de mí—. Pobrecillo.

—Y tengo otro problema.

Le conté que necesitaba encontrar un número de teléfono.

—Eso no es un problema —dijo.

—Sí que lo es —insistí—, si no se sabe cómo hacerlo.

—Vale. Entonces, vete a secretaría y trae las dos guías de teléfono.

En menos de dos minutos ya había vuelto al aula 201 con los dos tochos en la mano.

—Hay dos tipos de guías de teléfono —me explicó la seño Margarita—. Una, con las páginas blancas. Aquí aparecen los números de toda la gente que vive en nuestra ciudad. Y la otra se llama *Páginas Amarillas*. ¿Ves? Sus hojas son amarillas. Aquí están todos los teléfonos de empresas y tiendas.

—Genial —dije—. ¿Me puede buscar el número de El Mundo de los Reptiles?

La seño Margarita me echó una sonrisa.

—No, mejor lo haces tú mismo.

Me dio la guía de las páginas amarillas.

—Los teléfonos están en orden alfabético —dijo, y añadió—, por actividades.

—¿Actividades? —pregunté.

No me enteraba de nada.

—Sí. ¿Qué tipo de empresa es El Mundo de los Reptiles? —me preguntó—. ¿Es un restaurante? Especialidad de la casa: ¡filete de lagarto!

La seño Margarita se rió de su propia broma.

Yo no lo hice. Le expliqué que era el nombre de una tienda de mascotas.

—Entonces mira en la *A* de animales.

«¡Vaya con los profesores!», pensé. Intentas que te den una respuesta fácil y lo único que obtienes es más trabajo.

Cuando por fin encontré el número, ya casi era la hora de irse a casa. Al ponerme el abrigo, encontré en el bolsillo un mensaje en clave:

5-20-21-1*5-20*22-14-1*
17-9-20-21-1*6-1-12-20-1

Sabía que tenía que ser de Mila. Le encantaba poner continuamente a prueba mi inteligencia. Esta vez era fácil. Ya había visto este tipo de código. Para descifrarlo sólo hay que saberse el alfabeto. Escribes las letras de la A a la Z y después debajo de cada una los números del uno al veintisiete.

Cada número representaba una letra. Las estrellitas separan las palabras. Descifré el mensaje en el autobús de camino a casa.

10. Otro lío más

Lo primero que hice al llegar fue llamar a El Mundo de los Reptiles. La dependienta era igual de simpática por teléfono que en directo. Me contó todo lo que quería saber. Después, me fui corriendo a casa de Dumbo. No había tiempo que perder.

—¿Está tu madre? —le pregunté.

—No —respondió—. Ha ido a la compra.

—Mejor. ¿Y Diego?

—En su habitación.

Se oía el ritmo amortiguado de una música muy alta detrás de la puerta de la habitación del hermano de Dumbo.

Dudé un poco.

—¿Crees que nos dejará tranquilos?

Dumbo asintió con la cabeza.

—Ha dicho que no quiere volver a estar cerca de ti nunca más.

—Me parece estupendo —dije—. Ven, rápido, tenemos que darnos prisa. Creo que sé dónde está tu *Pelusa*.

Dumbo se puso muy contento... hasta el momento en que le dije dónde.

—No sé, Puzle —me intentó parar—. Mi madre se va a enfadar. La aspiradora es muy nueva.

Le miré bastante serio.

—¿Quieres salvar a tu hámster o no?

Dumbo seguía preocupado, pero al final trajo la aspiradora.

Durante todo el tiempo había tenido las pistas delante de mis ojos: la nueva aspiradora, la habitación superlimpia, el terrario con la tapa suelta...

Se lo expliqué a Dumbo.

—Escucha, amigo —le susurré al oído—. Acabo de hablar por teléfono con la señorita de El Mundo de los Reptiles. Me contó que los hámsters son unos campeones en el arte de colarse. Son capaces de meterse por los huecos más estrechos. La tapa de tu terrario no estaba lo suficientemente fija. Por eso *Pelusa* se pudo escapar.

—¿Pero qué tiene que ver la aspiradora de mi madre con todo esto? —preguntó Dumbo intranquilo.

—Piensa, Dumbo. Diego nos dijo que tu madre ha estado pasando la aspiradora por toda la casa. En tu habitación ya no queda ni una mota de polvo. Esa es la clave. Juraría que tu madre limpió tu habitación más o menos en el mismo momento en el que *Pelusa* se escapó.

Dumbo miró hacia la aspiradora.

—¿Crees que...?

Asentí con la cabeza.

—*Pelusa* debe de estar allí dentro —dije.

No resultaba nada fácil abrir la aspiradora. Había cierres que no entendía. Intenté abrirlos haciendo palanca con un destornillador, pero no hubo suerte.

—¿Tienes un martillo? —pregunté.

Finalmente, con un par de buenos golpes lo conseguí. Desgraciadamente, me pasé un poco. Una pieza de la aspiradora se rompió y hubo una lluvia de trozos de plástico.

—¡Puzle! —gritó Dumbo—. ¡Ten cuidado!

Le miré. Parecía que iba a echarse a llorar en cualquier momento.

—No te preocupes —traté de consolarlo—. Con un poco de celo no se va a notar.

Vacié el contenido de la bolsa de la aspiradora sobre la alfombra. Nos envolvió una nube de polvo.

—Ahora lo limpiamos todo —dije—. Busquemos primero a *Pelusa*.

No tardamos ni diez minutos en revisar su contenido. Encontramos dos figuras perdidas de la colección *La Guerra de las Galaxias,* de Dumbo. Encontramos seis gomas y un

clip. Encontramos un lápiz de colores y la mitad de un cromo de fútbol. Incluso encontramos pelos de hámster.

Lo único que no encontramos fue a *Pelusa*.

Desgraciadamente, su madre nos encontró a nosotros sentados sobre la alfombra, rodeados de polvo, suciedad y trozos de plástico.

La aspiradora no tenía muy buen aspecto. Por eso no me extrañó que se pusiera a gritar.

11. La pista
del «achís»

Cuando llegó Mila oímos su voz incluso antes de que llamara al timbre. Estaba cantando otra vez:

La O, la O.
La O, la O.
¿Dónde está?
¿Dónde está?
Esta en el oso,
el coche y la moto.
O, O, O.
O, O, O.

—Hola, chicos —saludó.

Pero después se fijó en nuestras caras un poco tristes.

—¿Qué ha pasado? —preguntó.

—Me he metido en un lío —dijo Dumbo—, pero la culpa es de Puzle.

—Ya te he dicho mil veces que lo siento —me quejé.

Mila miró a su alrededor.

—Oye, ¿dónde está el terrario?

—He metido a *Pelota* en la habitación de mis padres —explicó Dumbo—. Espero que allí esté más segura.

Yo, mientras tanto, estaba a lo mío, intentando pensar. Si la boa no se comió a *Pelusa* y la aspiradora no se la tragó tampoco, ¿dónde diablos podía encontrarse?

Mila se apoyó contra la puerta del armario y estornudó.

—¡Achís!

Enseguida estornudó otra vez. Yo me estaba poniendo muy nervioso.

—¡Mila! —grité—. Deja de estornudar ya. Con tanto ruido no puedo pensar.

Mila cruzó los brazos y me miró decepcionada.

—Puzle, no lo hago a propósito. Ya sabes que tengo alergia al pelo de los animales. Si tengo alguno muy cerca, no puedo evitar estornudar.

—Pero si aquí ya no hay pelos —dijo Dumbo—. *Pelusa* ha desaparecido y *Pelota* está en otra habitación.

Mila volvió a estornudar.

—No sé —dijo sorbiéndose los mocos—. Hay algo aquí que me da alergia.

Mila y yo nos miramos.

—¡PELUSA! —gritamos los dos a la vez.

Enseguida nos pusimos a buscar.

Dumbo miró debajo de la cama. Yo me puse a mirar en el armario. Mila se ocupó de la estantería.

No encontramos nada.

Estábamos a punto de rendirnos cuando tuve una idea. Una idea loca. Una idea maravillosa, fantástica y loca.

—Chicos, ¿habéis oído hablar alguna vez de los detectores de metal? —pregunté.

Mila no tardó ni dos segundos en responderme.

—Claro. La gente los utiliza para buscar monedas y cosas en el suelo. Si el detector se acerca al metal, se oye un pitido.

—Exacto —dije.

—¿Por? —preguntó Mila.

—Porque tenemos aquí a un detector de hámster. Lo único que, en vez de pitidos, salen estornudos. ¡Eres tú, Mila!

Valía la pena intentarlo. Mila empezó a recorrer lentamente toda la habitación. No se puso a estornudar hasta llegar al armario.

—¡Achís!

—Para —dije.

Mila estornudó otra vez.

Luego se puso a cuatro patas y de repente comenzó a estornudar como loca.

Dumbo y yo nos acercamos a ella. Abrimos el armario y nos agachamos los tres para buscar. Mila acercó la nariz a un tubo para guardar pósters que estaba al fondo,

en el suelo. Estornudó de nuevo, tres veces seguidas.

Miré dentro del tubo.

No daba crédito a mis ojos.

Le hice una señal a Dumbo.

—Agárrate, amigo. Hemos encontrado a *Pelusa*. Pero hay una cosa que te va a sorprender: *Pelota* no es hembra.

Dumbo miró dentro del tubo. Vio a *Pelusa* tirada cómodamente en su nido... dando de mamar a un montón de crías.

Dumbo estaba encantado y confundido a la vez.

—¿Cómo que *Pelota* no es hembra?

—Claro —le explicó Mila—. *Pelota* debe de ser el papá de estas crías.

Dejamos a Dumbo a solas en su habitación. Era feliz mirando el nido en el tubo.

—¡Feliz cumpleaños, pequeños! —susurró con cariño.

12. El plan secreto

Una semana más tarde, volví a El Mundo de los Reptiles. Esta vez era yo el que entonaba la canción de clase, pero con una letra nueva que me acababa de inventar:

Oh, Pelusa,
oh, Pelusa.
¿Dónde estás?
¿Dónde estás?
Estás en el tubo
con todas tus crías.
Pe-lu-sa. Pe-lu-sa.

—Hola, chaval —me saludó la simpática señorita—. Hoy pareces estar muy contento.

—Y lo estoy —respondí—. Muy contento. Le conté la historia de las crías de hámster. Luego, le di las gracias por su ayuda.

—¿Y qué te trae por aquí hoy?

—Necesito varias cosas. Mi profe y yo preparamos una sorpresa para la clase.

* * *

Sonó el timbre del comienzo de la clase. Yo me quedé esperando en el pasillo como parte del plan secreto. Oí la voz de la seño Margarita hablándoles a mis compañeros.

—Chicos, sentaos —dijo—. Como tristemente sabéis, *Colmillo Negro*, nuestro jerbo del desierto, murió hace poco. Lo pasamos todos muy mal, pero ya se ha acabado el tiempo de estar tristes. Hoy, Paulino y yo hemos preparado una sorpresa.

La seño Margarita abrió la puerta.

—Entra, Paulino —dijo.

Entré con la sorpresa. Nadie podía ver lo que era porque estaba cubierto con una tela. Sonreí a Mila. Ella era la única que estaba enterada.

—Os presento a vuestros nuevos compañeros de clase. ¡Chan-tata-chán! —dijo la seño.

Con estas palabras, quitó la tela y apareció un terrario supernuevo con dos crías de hámster. Eran dos de los bebés de *Pelusa*, regalos de Dumbo.

Todos aplaudieron y gritaron.

—Paulino, por favor, pon a nuestros nuevos amigos en la estantería.

No dejaban de mirarme mis compañeros.

—Creo que Paulino se merece un aplauso muy fuerte. La idea ha sido sólo suya.

Mis compañeros de clase volvieron a aplaudir y a gritar, incluso más alto que antes. Me puse muy orgulloso y contento. Mila también. Yo solo, sin ella, no habría conseguido nada. Claro, ella seguía con su alergia a los hámsters, pero decía que no pasaba nada mientras no se acercara demasiado al terrario. Lo único, que Mila jamás podría ser cuidadora de animales.

De repente, la seño Margarita me dijo que saliera otra vez del aula. Que ahora iba a haber una sorpresa para mí. Después de diez minutos, me volvió a llamar.

—Ahora vamos a cantar una canción para ti, Paulino —anunció la profe.

Todos juntos me cantaron la de las vocales, pero con una letra nueva.

La A, la A.
La A, la A.
¿Dónde está?

¿Dónde está?
Está en el caso,
hámster y armario.
A-A-A. A-A-A.

La E, la E.
La E, la E.
¿Dónde está?
¿Dónde está?
Está en Pelusa,
detective y Puzle.
E-E-E. E-E-E.

Me quedé mirando a mis compañeros y a la seño Margarita, sorprendido y contento a la vez.

Todos sonreían, incluso la seño.

«Qué bien —pensé— la verdad es que ha sido muy generoso Dumbo al regalarnos los dos hámsters».

El caso del hámster desaparecido estaba resuelto. Ahora necesitaba un caso nuevo.

Estaba seguro de que no tendría que esperar mucho tiempo. Siempre pasa algo.

Como ya dije antes, resuelvo los problemas de la gente: magdalenas robadas, bolis perdidos, hámsters desaparecidos...

Al detective privado Nino Puzle nunca le falta trabajo.